定　義

谷川俊太郎

目次

定義

關於公尺原器的引用

公尺原器用約百分之九十的鉑（白金）和約百分之十的銥製成合金，形如棒，其斷面與被稱作崔斯卡斷面的X形相似，全長約一〇二公分。接近兩端的中立面部分磨成橢圓形，並各刻有三條平行的細線。一公尺，保存於巴黎郊外國際度量衡局的國際公尺原器（一八八五年年，生金製），在標準大氣壓、攝氏零度下，以五七二公釐的距離平行放置，並被制定為以直徑至少為一公分的圓柱體均衡支撐時的中央刻度線之間的長度。

日本的公尺原器為同時製成的第二十二號[1]，其長度被定為經一九二〇——一九二二年進行的定期比較得出的一公尺減去〇·七八微米的值，但由於日本一九六一年修改計量法後，對公尺以光的波長進行定義，公尺原器的任務於此終焉。

＊引自平凡社《世界大百科事典》

1 **編按**：一八八九年國際度量衡局改良第一代公尺原器的設計，製作了三十支分贈給各會員國。

メートル原器に関する引用

メートル原器は白金約九〇パーセント、イリジウム約一〇パーセントの合金でつくられており、その形状はトレスカ断面と呼ばれるX形に似た断面をもつ全長約一〇二センチの棒であって、この両端附近の中立面を一部楕円形にみがき、ここに各三本の平行な細線が刻んである。一メートルは、パリ郊外の国際度量衡局に保管されている国際メートル原器（一八八五年の地金製）が標準大気圧、摂氏零度で、五七二ミリ離れて平行に置かれた、直径が少なくとも一センチのローラーで均斉にささえられたときの、中央の目盛線の間の長さと定められていた。日本のメートル原器はこれと同時につくられたナンバー二二で、その長さは一九二〇年～二二年に行われた定期比較で一メートルマイナス〇・七八ミクロンという値が与えられていたが、日本は一九六一年計量法を改正してメートルを光の波長で定義したので、メートル原器はその任務を終っている。

＊平凡社刊・世界大百科事典による

非常困難之物

其表面被塗成灰色和白色，其容積顯然不超過半立方米，側面印有soft white scottie®free fold的字樣。它正好可以容納四百張柔軟的白色紙張，而紙張的用途則任購買者隨意。而今，我抽出最上面的一張，擤了擤鼻子。

它佔有了某個空間。所以，它當然也要遵從時間這個存在方式。我無法斷言它是美是醜。它是什麼？我是否已經告訴了讀者？

非常に困難な物

その表面は灰色と白に彩られ、その容積はあきらかに半立方米を超えていない。側面に、ソフトホワイトスコッティ®フリーフォールドの文字がある。それは丁度四百枚の柔い白い紙を蔵していて、それらの紙の用途は購買者に一任されている。今、私はその最初の一枚をひき出して鼻をかんだ。

それは或る空間を占有している。だから当然時間という存在様式にも従っている。それは美しいのか醜いのか、私には断言できぬ。それが何であるか、私はすでに読者に語っただろうか？

關於不呼其名一事的記述

其頂邊呈鋸齒狀，應該為某種利器所切斷。其底邊現在雖已向對面彎折，位於我視線的不及處，但幾乎可以肯定地想像，其形態與頂邊相同。左右兩邊被與上下兩邊垂直的直線切斷，根據這記述，可以說，我從大小以及質感以外的層面知道了它的形狀。

關於其大小，雖然可以簡單地用尺決定，但是英吋或公分等單位只是相對的。我將更準確地記下：可以推斷，其較長的兩邊（即頂邊和底邊），為我食指長度的約一．二倍，而其較短的兩邊，則較其更短。

當然，如果將其從目前所處位置上拿起來測定，會有更加精密的表述，但是對我來說，它是不可觸碰的。我用語言對它進行記述，是希望賦予這種行為一點神聖的性質。我有一種必須要求自己禁慾的感覺。

那麼，如果只根據有限的視覺做出判斷，它是一種閃著銀光的極薄物質。參照過去的經驗可以得出結論，外觀上，它是一種紙。表面並不平滑，呈所謂梨皮斑點狀，上面由HARIS字樣的文字群構成的紋路清晰可辨。

它的固有名稱我當然是熟知的。我不在此記述它的名字，並不是出於韜光養晦，無非是因為這才是一篇文章的主題。關於它偶然（所以才已經是必然）地存在於我的眼前的因果，我也不敘述。因為，我會要求自己使用與此記述不同的主題和方法。

そのものの名を呼ばぬ事に関する記述

その上縁は鋸歯状をなしていて、おそらく鋭利な工具によって切断されたものに違いない。その下縁は今、向う側に折れ曲った状態で私の視線の届かぬ所にあるけれど、その形態が上縁同様である事はほぼ確実に想像できる。左右の縁は上下の縁と直角の直線に切断されていて、こう記述した事により私はそのものの形状を、大きさと質感以外の面から明白にしたと言える。

大きさについては、物指を用いて簡単に規定する事が可能だが、インチ或いはセンチメートル等の単位はもとより相対的なものに過ぎない。私はむしろより正確に、その長いほうの二辺（即ち上縁及び下縁）は、私の手の人差指の長さの約一・二倍、短いほうの二辺は、それよりも短いと推測し得ると書きとめる。

もちろん今在る位置から取り上げて測定すれば、もっと精密な表現が許されようが、そのものは私にとって不可触である。言語によってそのものを記述する行為に、或るささやかな聖性を与えたいと望んでいて、私は一種の禁欲を自らに課さざるを得ないと感じている。

さて限定された視覚のみによる判断では、それは銀色に輝く極く薄い物質である。過去の経験に照らして、それは見かけ上、或る種の紙であると結論する事ができよう。表面は平滑ではなく、いわゆる梨地状をしていて、そこにはHARISという文字群による一種の地紋が認められる。

そのものの固有の名前を私はもとより熟知している。その名をあえてここに記さぬのは韜晦からではない。それこそが一篇の主題であるからに他ならない。そのものが偶然に（故に既に必然的に）私の目前に存在しているその因果についても、私は述べない。それはまたおのずからこの記述とは別の主題、別の方法を要請するであろうから。

小丑的晨歌

它不是在嗎？**不是**什麼嗎？

沒人對它進行表述，**但我想**它的輪廓是清晰的。雖然無法想像它會永遠保持它的位置，但我想**現在**它正微微地反光，還投下了影子。它不應該不在，不知何故，它似乎**就是**什麼。

然而，如果它是什麼，我們便**可以認為**，即便沒人使用它，也不能認為它是什麼都行。我發現我**似乎希望**它是什麼。它不應該不是什麼，不是嗎？如果它不是什麼，那究竟能是什麼呢？除了什麼之外，**不是**什麼都沒有嗎？

因為毫不曖昧，所以**似乎**還不是什麼嗎？這個無法追問如果是什麼那究竟是什麼的什麼，這個無法回答什麼也不是的什麼，這個不是什麼**什麼**的什麼，不覺得這樣**很好**嗎？

說是貝殼、繩索、眩暈等等都太簡單了，所以希望它是一個不是什麼以外的什麼！沈甸甸，**或**輕飄飄。

（說實話，我在想，世界就此開始就好了，或者，——終結也好。）

道化師の朝の歌

それは在るのではないだろうか。何かなのではない**だろうか**。誰も表現はしていないが、輪廓は明瞭**だと思う**。永遠にその位置を保つとは考えられないが、今は光を僅かに反射していると思う。影も落ちていると思う。それは無いはずがなく、何故か何かのようなの**だ**。

だがもし何かであるなら、たとえ誰にも使用されぬとしても、何でもいいとは思えない**と思われる**。何か何かであって**ほしいような**気がする。何かでないはずはないのではないだろうか。何かでないとしたら、いったい何でありうるのか。何か以外に何もないではないか**ではないか**。

ちっとも曖昧ではないのだから、やはり何かなのではないだろうかしら。何かだとしたら何なのだろうかとは問えぬ何か、何でもないと答えることのできぬ何か、何か何ではない何かであっていいと思うのではないか。

貝、縄、眩暈などと言うのはたやすすぎるから、それは何か以外の何ものでもないほど、何かであれ。ごろんと、又はふわふわと。

（正直なところ、世界がそこで始まってくれるといい、或いは――終ってしまってもいいと思うのである）

什麼也不是之物的尊嚴

什麼也不是的東西，什麼也不是地一骨碌倒下，在什麼也不是的東西和什麼也不是的東西之間，有著什麼也不是的關係。什麼也不是的東西為何出現在這個世界上？想問個究竟卻又不知道問法。什麼也不是的東西，無論何時何地，都若無其事地躺倒著，雖然不會威脅到我們當下的生存，可正因為什麼也不是的東西之什麼也不是的性質，我們才狼狽不堪。

什麼也不是的東西，有時會觸摸汗毛濃密的手，有時會對著閃閃發亮的眼睛訴說。有時會吵鬧得震耳欲聾，有時會刺激發酸的舌。然而，如果區別什麼也不是的東西與其他什麼也不是的東西，那麼就絕對會失去它什麼也不是的性質。將什麼也不是的東西作為一個無限的整體來看，與將其作為多樣而細微的部分來看並不矛盾，但什麼也不是的（以下消除）

——筆者無法什麼也不是地講述什麼也不是的東西。筆者常常把什麼也不是的東西當成它是什麼一樣去闡述。量它的尺寸，爭論有用無用，強調它的存在，表現它的質感，都不過是在增加對什麼也不是的東西的迷惘。無法定義什麼也不是的東西的理由，是在於語言結構本身，或是在於文體，又或者在於筆者的智力低下？判斷的自由，在讀者方。

なんでもないものの尊厳

なんでもないものが、なんでもなくごろんところがっていて、なんでもないものと、なんでもないものとの間に、なんでもない関係がある。なんでもないものが、何故此の世に出現したのか、それを問おうにも問いかたが分らない。なんでもないものは、いつでもどこにでもさりげなくころがっていて、さしあたり私たちの生存を脅かさないのだが、なんでもないもののなんでもなさ故に、私たちは狼狽しつづけてきた。

なんでもないものは、毛深く手に触れてくることがあるし、眩しく輝いて目に訴えることがある。騒がしく耳を聾することがあるし、酸っぱく舌を刺戟することがある。だがなんでもないものは、他のなんでもないものと区別されると、そのなんでもなさを決定的に失う。なんでもないものを、一個の際限のない全体としてとらえることは、それを多様で微細な部分としてとらえることと矛盾しないが、なんでもな（以下抹消）

——筆者はなんでもないものを、なんでもなく述べることができない。筆者はなんでもないものを、常に何かであるかのように語ってしまう。その寸法を計り、その用不用を弁じ、その存在を主張し、その質感を表現することは、なんでもないものについての迷妄を増すに過ぎない。なんでもないものを定義できぬ理由が、言語の構造そのものにあるのか、或いはこの文体にあるのか、はたまた筆者の知力の欠陥にあるのかを判断する自由は、読者の側にある。

剪刀

此刻，我看得見它就在桌子上。此刻，我可以拿起它。此刻，我可以用它將紙張剪出人形。此刻，我甚至也許可以用它將頭髮剪成光頭。當然，要排除用它殺人的可能性。

然而，它還是一種會生鏽的東西、會變鈍的東西、會變舊的東西。雖然還能用，但是不久就會被扔掉吧。它是不是用智利的礦石製作的？克魯伯[1]的手指是不是觸摸過？儘管這些都已無從知曉，但是不難想像，有朝一日，它會像從前那樣，從人類製作的形狀中逃脫，回歸到更加無限的命運中。此刻，它就在桌子上，訴說著這段時間。它並不朝向誰，冷淡而無語，彷彿若無其事。人類製造了它是為了對自己有用，但比起有用，它先是無奈地存在於此的。它不是那種只能叫做剪刀的東西，它已經擁有其他無數的名字。我不用這些名字稱呼它，與其說是單單出於習慣，不如說是出於自衛吧。

因為，它這樣的存在，擁有從我身上抽取語言的力量，使我隨著語言的線變得鬆弛、所以經常在不知不覺間面臨變成比它還要稀薄的存在之危險。

1 **編按**：Krupp，德國武器製造商。

鋏

これは今、机の上で私の眼に見えている。これを今、私はとりあげることができる。私は紙を人の形に切ることができる。これで今、私は髪を丸坊主に刈ってしまうことすらできるかもしれない。もちろんこれで人を殺す可能性を除いての話だが。

けれどこれはまた、錆びつつあるものである、鈍りつつあるものである、古くさくなりつつあるものである。まだ役立つけれど、やがて捨てられるだろう。チリの鉱石から造られたのか、クルップの指が触れたのか、そんなことをもはや知る術はないにしても、これがいつかはまたかつてそうであったように人間のフォルムから脱して、もっと無限定な運命に帰ることは想像に難くない。これは今、机の上で、そういう時間を語っているものである。誰に向かってでもなく冷く無言で、まるでそうはしていないかのようにそうしているものである。自らに役立てようと人はこれを造ったのだが、役立つより先に、これはこうしてここにどうしようもなく在ってしまった。これは鋏としか呼べぬものではない。これは既に他の無数の名をもってるのだ。私がそれらの名でこれを呼ばぬのは、単に習慣にすぎないというよりも、むしろ自衛のためではあるまいか。

何故ならこれは、このように在るものは、私から言葉を抽き出す力をもっていて、私は言葉の糸によってほぐされてゆき、いつかこれよりもずっと稀薄な存在になりかねぬ危険に、常にさらされているからだ。

對杯子的不可能接近

它多半是有底面而無頂面的一個圓筒狀。它是直立的凹陷。是一個被封閉在向著重力中心的限定空間。它能將一定量的液體保持在地球的引力圈內而不使之擴散。其內部只充滿空氣時，我們稱之為空，然而即便此時，它也會因光照而現出清晰的輪廓，它質量的存在不用計量，也會因冷靜的一瞥得以確認。

用手指輕彈時，它會發生振動而成為一個聲源。雖然有時被用作暗示，偶爾也會被用作音樂的一節，但是它的聲響超越實用的固執的自我滿足感，直逼你的耳。它被置於餐桌上。或被人握在手裡。也時常從人的手上滑落。事實上，它會隱藏起因容易被故意打破、變成碎片而成為兇器的可能性。

然而，即便被打破，它也不終止它的存在。即使這一瞬間，地球上的所有杯子都被摔得粉碎，我們也無法逃離它們。雖然在各自的文化圈，它們依各種不同的表記法被授予名稱，但是對我們來說，它是作為一個通用的固定概念存在的，儘管實際上（用玻璃、用木材、用鐵、用土）的製作會因伴以極刑的懲罰而遭到禁止，但是我們也一定無法從它依舊存在的惡夢中獲得自由。

它主要是為解渴才被使用的一種道具，儘管它不具備比兩隻手掌能在極限狀態下被互相合攏或凹陷更多的機能，但是在現在多樣化的人類生活中，時而在朝陽下，時而在人工照明下，它都無疑作為一種美沈默著。

我們的理性、我們的經驗、我們的技術使它出現在地球上，我們為它們命名，極其自然地用一連串的聲音發出指令，但是它究竟是什麼？——誰也未必有正確的知識來理解它。

コップへの不可能な接近

それは底面はもつけれど頂面をもたない一個の円筒状をしていることが多い。それは直立している凹みである。重力の中心へと閉じている限定された空間である。それは或る一定量の液体を拡散させることなく地球の引力圏内に保持し得る。その内部に空気のみが充満している時、我々はそれを空と呼ぶのだが、その場合でもその輪廓は光によって明瞭に示され、その質量の実存は計器によるまでもなく、冷静な一瞥によって確認し得る。指ではじく時それは振動しひとつの音源を成す。時に合図として用いられ、稀に音楽の一単位としても用いられるけれど、その響きは用を超えた一種かたくなな自己充足感を有していて、耳を脅かす。それは食卓の上に置かれる。また、人の手につかまれる。しばしば人の手からすべり落ちる。事実それはたやすく故意に破壊することができ、破片と化することによって、凶器となる可能性をかくしている。

だが砕かれたあともそれは存在することをやめない。この瞬間地球上のそれらのすべてが粉微塵に破壊しつくされたとしても、我々はそれから逃れ去ることはできない。それぞれの文化圏においてさまざまに異なる表記法によって名を与えられているけれど、それはすでに我々にとって共通なひとつの固定観念として存在し、それを実際に（硝子で、木で、鉄で、土で）製作することが極刑を伴う罰則によって禁じられたとしても、それが存在するという悪夢から我々は自由ではないにちがいない。

それは主として渇きをいやすために使用される一個の道具であ

り、極限の状況下にあっては互いに合わされくぼめられたふたつの掌以上の機能をもつものではないにもかかわらず、現在の多様化された人間生活の文脈の中で、時に朝の陽差のもとで、時に人工的な照明のもとで、それは疑いもなくひとつの美として沈黙している。

我々の知性、我々の経験、我々の技術がそれをこの地上に生み出し、我々はそれを名づけ、きわめて当然のようにひとつながりの音声で指示するけれど、それが本当は何なのか――誰も正確な知識を持っているとは限らないのである。

關於我看杯子的痛苦和快樂

木桌上有透明的杯子，杯中盛著水。現在，六十燭光燈泡的光源從左上方斜射過來，使杯子側面的圓筒形玻璃的一部分呈現出極淡的虹色光譜，但它絕不是杯子和杯中水的修飾物。水不是為解渴才被倒進來的，也許可以認為，它是哪位家人（大概是孩子）毫無目的地、或是作為一種遊戲放在那裡的吧，但儘管它的樣子極為平常，卻給觀者一種緊張感。這種緊張，不是由玻璃的質感所暗示的脆弱，或是水的質感所暗示的變化的可能性帶來的，反倒是這種相反讓人感到它似乎來自其不動性。儘管如果有人伸出手，杯子和杯中水（和桌上的柔和影子），就會在一瞬之間受到破壞，但是它現在存在於此的事實，已是無可奈何。

儘管其不動性與永遠沒有一絲一毫的關係，但對所有的人來說，它的出現就像一個謎。因此，不會存在任何描寫和表現的語言，也不會存在任何描繪的繪畫和雕塑。然而，它非但不會因此而變得曖昧，反而會因此而變得越發明晰，因其過度明晰，它甚至會使觀看者慢慢接近〈詩〉的觀念。是的，您啊，現在我在那裡只看得到〈詩〉，太過眩目、全然觸摸不到的〈詩〉充滿著我無言的心，我最終還是焦躁起來，甚至感到一種近似於酩酊的安詳感。

コップを見る苦痛と快楽について

木の卓の上に透明なコップがあり、その中に水が入っている。今、六十燭光の電灯の光は左斜上から射していて、コップの側面の円筒形の硝子の一部に極く淡い虹色のスペクトルを見せているが、それは決してコップとその中の水とを修飾するものではない。水は渇きを医すために汲まれたものではなくて、おそらく家族の誰かが（多分子供が）何の目的もなく、或いはそれ故に一種の遊びとしてそこに置いたのだろうと思われるのだが、その姿は極めて日常的でありながら、見る者に或る緊張を強いる。その緊張は硝子の質感の暗示する脆さ、又は水のそれの暗示する変容の可能性等からもたらされるものではなく、むしろその反対にそれらの不動性からくるもののように感ぜられる。そのコップとその中の水（と卓の上の柔い影）とは、誰かが手を伸ばせば一瞬のうちに破壊され得るものでありながら、今それがそこに存在してしまった事実は既にどうしようもない。

その不動性は永遠とはいささかの関係ももたぬものでありながら、すべての人間にとってひとつの謎のように立ち現れる。それ故にそれらを描写し表現するいかなる言語もあり得ぬし、それらを画き象るいかなる絵画も彫刻もあり得ない。だがそのために曖昧にならぬばかりかそれはそのためにこそますます明晰なのであり、その余りの明晰の故にそれは見る者を徐々に〈詩〉の観念にすら近づけるのである。そうなのだ、貴方よ、私は今そこに〈詩〉しか見ることができないのだ。余りにも眩く、全く手の届かぬ〈詩〉が無言の私の心を満し、私は遂には焦燥どころか、一種酩酊に似た平安を感ずるに至るのである。

與無可回避的排泄物的邂逅

路面上有一團來路不明的東西，我們也許會毫不猶豫地稱之為排泄物。這帶著透明液體的高黏度顆粒狀物質，映著白晝的光線，從它那帶有無數若隱若現的氣孔的表面上，我們可以知道，它不是被巧妙打造的蠟製工藝品。它的臭氣臭到讓人幾乎覺得它是有毒的，不管是誰都有權利迅速避開視線、遮掩口鼻，且掃除它的義務，也不能說絕對只有被任命為專業的清掃人員才擁有。然而，我們將自己偽裝成不許它存在的模樣，而忽略了自己內在也常常會產生這種相等物質的事實，要說是衛生無害，不如說是應當屏棄的偽善，甚至會導致我們失去所生活的這個世界結構中重要的一環吧。

微而觀之，它可以分解到分子的層次，作為與其他有機物無太大差別的物質之一，在科學準備的目錄中，佔據恰當的位置；宏而觀之，作為生物新陳代謝、抑或食物鏈的過程之一，對已成立的秩序內部，或許可以說具備了謙虛的功能。事實上，已經有幾條蛆開始在那裡生存，如果能夠不帶任何成見地判斷，就連它的臭氣，恐怕也和我們常入口的某種嗜好物的氣味相去不遠。

然而，毋庸贅言，我們的感覺並不是流動的，我們會受到這些看法的欺騙。這團東西受到光照、風化、分解，化為塵埃浮遊在大氣中，直到我們在不知不覺中呼吸到這些時，我們對它的存在懷著一種畏懼，這是不能否認的事實；可以說，以這種形式面對這個東西的人類精神，正是在這種畏懼中，暴露出了我們最難以解開的內心世界。

不可避な汚物との邂逅

路上に放置されているその一塊の物の由来は正確に知り得ぬが、それを我我は躊躇する事なく汚物と呼ぶだろう。透明な液を伴った粘度の高い顆粒状の物質が白昼の光線に輝き、それが巧妙に模造された蠟細工でない事は、表面に現れては消える微小だが多数の気孔によっても知れる。その臭気は殆ど有毒と感じさせる程に鋭く、咄嗟に目をそむけ鼻を覆う事はたしかにどんな人間にも許されているし、それを取り除く義務は、公共体によって任命された清掃員にすら絶対的とは言い得ぬだろう。けれどそれを存在せぬ物のように偽り、自己の内部にその等価物が、常に生成している事実を無視する事は、衛生無害どころかむしろ忌むべき偽善に他ならぬのであり、ひいては我々の生きる世界の構造の重要な一環を見失わせるに至るだろう。

その物は微視的に見れば、分子の次元にまで解体し、他の有機物と大差ない一物質として科学の用意する目録の中に過不足ない位置を占めるだろうし、巨視的に見れば生物の新陳代謝の、また食物連鎖の一過程として、既に成立している秩序の内部に或る謙虚な機能を有しているとも言い得るだろう。事実そこには何匹かの蛆が生存を始めているし、如何なる先入観もなく判断し得ると仮定すれば、その臭気すら我々の口にする或る種の嗜好物のそれと必ずしも距ってはいないのだ。

だが言うまでもなく、それらの見方によって欺かれる程、我々の感覚は流動的ではない。その一塊の物が光にさらされ、風化し、分解し、塵埃となって大気に浮遊し、我々が知らずにそれを呼吸するに至るまでの間は、その存在に我々が一種の畏怖を覚える事は否定できぬ事実であって、そのような形でその物と向いあう人間精神は、その畏怖のうちにこそ、最も解明し難い自らの深部を露わにしていると言えよう。

對蘋果的執著

不能說它是紅的，它不是一種顏色，它只是蘋果。不能說它是圓的，它不是一種形狀，它只是蘋果。不能說它是酸的，它不是一種味道，它只是蘋果。不能說它是昂貴的，它不是價格，它只是蘋果。不能說它有多麼漂亮，它不是美，它只是蘋果。無法分類，又非植物，因為蘋果只是蘋果。

是開花的蘋果，是結果的蘋果，是在枝頭被風搖動的蘋果。是雨淋的蘋果，是被啄食的蘋果，是被摘下的蘋果。是落在地上的蘋果。是腐爛的蘋果。種子的蘋果，冒芽的蘋果。是沒有必要稱之為蘋果的蘋果。可以不是蘋果的蘋果，是蘋果也無妨的蘋果，不論是不是蘋果，唯一的蘋果就是所有的蘋果。

是紅玉，是國光，是王鈴，是祝，是黃魁，是紅魁[1]，是一個蘋果，三個的五個的一籃的、七公斤的蘋果，是十二噸的蘋果、二百萬噸的蘋果。被生產的蘋果，被搬運的蘋果。被秤重被包裝被交易的蘋果。被消毒的蘋果，被消化的蘋果。被消費的蘋果，被消滅的蘋果。是蘋果啊！是蘋果嗎？

是那個，就是在那裡的，就是那個。就是那裡的那個籃子中的。是從桌上滾落的那個，被畫到畫布上的那個，是用烤箱烤的那個。孩子們把那個拿在手上，啃著那個，就是那個，它。無論吃多少個，無論腐爛多少個，它都會一個接一個地湧現枝頭，閃閃發亮地永遠擺滿店頭。什麼的複製品?何時的複製品?是無法回答的蘋果。是無法提問的蘋果。無法講述,最終只能是蘋果,現在仍是……

1 編按:以上皆是日本蘋果的品種名稱。

りんごへの固執

紅いということはできない、色ではなくりんごなのだ。丸いということはできない、形ではなくりんごなのだ。酸っぱいということはできない、味ではなくりんごなのだ。高いということはできない、値段ではないりんごなのだ。きれいということはできない、美ではないりんごだ。分類することはできない、植物ではなく、りんごなのだから。

花咲くりんごだ。実るりんご、枝で風に揺れるりんごだ。雨に打たれるりんご、ついばまれるりんご、もぎとられるりんごだ。地に落ちるりんごだ。腐るりんごだ。種子のりんご、芽を吹くりんご。りんごと呼ぶ必要もないりんごだ。りんごでなくてもいいりんご、りんごであってもいいりんご、りんごであろうがなかろうが、ただひとつのりんごはすべてのりんご。

紅玉だ、国光だ、王鈴だ、祝だ、きさきがけだ、べにさきがけだ、一個のりんごだ、三個の五個の一ダースの、七キロのりんご、十二トンのりんご二百万トンのりんごなのだ。生産されるりんご、運搬されるりんごだ。計量され梱包され取引されるりんご。消毒されるりんごだ、消化されるりんごだ、消費されるりんごである、消されるりんごです。りんごだあ！　りんごか？

それだ、そこにあるそれ、そのそれだ。そこのその、籠の中のそれ。テーブルから落下するそれ、画布にうつされるそれ、天火で焼かれるそれなのだ。子どもはそれを手にとり、それをかじる、それだ、その。いくら食べてもいくら腐っても、次から次へと枝々に湧き、きらきらと際限なく店頭にあふれるそれ。何のレプリカ、何時のレプリカ？

答えることはできない、りんごなのだ。問うことはできない、りんごなのだ。語ることはできない、ついにりんごでしかないのだ、いまだに……

一部限定版詩集《世界的雛形》目錄

獻給入澤康夫

將下列物件收入一個有限大的容器，這部詩集即由此而成。申請設計專利中。非賣品。

1 羽毛。拾於街道之物。可能是麻雀胸前的羽毛。

2 發條。黃銅製。直徑約十五公釐、長約五十公釐。

3 明信片。寄信者姓名無法辨識。

4 橙色玻璃紙。遮在一隻眼上可觀風景。

5 矽二極體。1N341也是同類物。

6 孟宗竹。為明確起見，記學名於此。
Phyllostachys heterocycla var. pubescens

7 紙飛機。以一九七三年出版的任意一本詩集的一頁為材料。

8 砂。輕取一小撮。乾燥中之物。

9 糯米紙。日本藥局藥方。

10 國營鐵路美幸線、仁宇布．東美深間單程票。未剪過的票。

11 藍色不明物。一個。

12 死亡證明書。有東京都杉並區公所蓋章的文件。一份。

13 口琴。

14 非常情況下，可將此詩集完全破壞的足量炸藥。所謂非常情況意指何種情況，有待讀者判斷。

15 物件4的玻璃紙太大時使用的剪刀。亦可用於物件7的製作。

16 尚未被命名的物件。雖然構成它的各個零件為針葉樹的葉子、棉花糖、生鏽的短釘、霧狀液體、微弱的超短波振蕩器、約三百克絞肉等有正確名稱的物體，但其整體無法稱呼。

17 C30型卡式錄音帶上錄下的數人的呻吟聲。

18 密封的舊火柴盒。

19 藍色不明物件。又一個。

20 細緻，且有某種祭祀意義的物件，例如宛若白木筷之物。亦或白木筷本身。

21 為固定壓縮物件2的位置，鋼製鍍金的小裝置。

22 因熱而扭曲的唱片一張。有可能是贓物。

23 葵花籽。一袋。

24 五萬分之一地形圖長野六號[2]、版權所有印刷兼發行人為地理調查所。大正元年測圖昭和十二年修訂測圖。

25 水果刀。

26 梳子。已經用舊。

27 木製陀螺。

28 紅色鉛筆一支。與其說作為記錄文字，不如說是用來抹消文字的工具，即作為對語言的一種兇器。

29 味精，或許是天字第一號[3]。

30 不特定報紙連載漫畫的剪報。不指定數量。

31 對某特定個人來說，具有某種特定意義的紀念物。重量五公斤以內。

32足以購買物件10的貨幣。但是，只限於該物件欠缺時。

33取消物件6。作為一種推敲的結果。

34物件23生長所需土壤。含降雨及日照。即這本詩集如果沒有非特定讀者的參與，就無法成立。

35有可能實現物件34的時間。

36測量物件35所需的曆表。

37原子彈。結構最古典的一顆。附有簡易使用說明書。

38取消物件14。

39按照收納物件37的指示，產生這部詩集的可行性極小。無奈，只好採用通過詩集目錄而不是詩集這種辦法，使詩歌成立。即下一個物件成為急需。

40小詞典。最好是已經絕版的。

41 撤回物件27。伴隨文體變化而做出的緊急處理。

42 抹消物件5。同上。

43 消去物件15。同上。

44 消除物件25。同上。

45 物件45缺。

46 在一九四〇年前後，被稱為紀元節的節日，在小學免費贈送菊花形的紅白色點心給學生。

47 蜘蛛網。一張。

48 面具。

49 亂成一團的毛線團一個。

50 受民法制約且至少被歌唱過一次之物。

51 用途不明、有褐色光澤之物。

52 作為嫉妒的結果，被破壞，之後又被修復，留下記錄之物。

53 猥褻、且不斷增殖、在鹽水中泛紅之物。

54 旗幟一面。隨微風飄展。

55 按指紋或署名。有法律效力之物。

56 大約三公頃地瓜田。

57 黑人女子一生所分泌的唾液。

58 數代畫家持續描繪的貧民窟的工筆畫。

59 到手的石質隕石中最大的碎片。

60 為抑制此目錄不可避免的膨脹及加速，保留包括物件1乃至59一度取消、抹消、消去、削除、撤回之物。在此省略此行為造成這部詩集及詩集目錄的相對變化。

61 如果此目錄作為第三種郵件[4]被認可的印刷品而被複製時，

將該印刷品的每一頁用痲線穿線裝訂，收納起來。

62 能夠收納物件61及保留中的所有物件的容器一個。

63 解除物件7的保留。

64 在容器外保持足夠使物件7得以漂浮的大氣。

65 此目錄的作者，申請解除有關該目錄一切法律、道義、藝術責任的申請書一份。申請對方為非特定讀者。

66 解除物件23、34、35的保留。

1 **編按**：銘二極體的型號之一。

2 **編按**：這裡指的是輕井澤的地圖。

3 **編按**：「いの一番」是味精品牌之一。

4 **編按**：定期發行之刊物。

壹部限定版詩集〈世界ノ雛型目録〉

呈入沢康夫

コノ詩集ハ左記ノ物件ヲ一個ノ有限大ノ容器ニ収納スル事ニ依リ成立スルモノトスル。意匠登録申請中。非売品。

1 羽毛。街路ニ於テ拾得シタモノ。多分雀ノ胸毛。
2 発条。真鍮製。径一五粍、長サ五〇粍程度。
3 絵葉書。発信者ノ名ノ判読不明ナモノ。
4 橙色セロファン一片。片眼ニ当テテ、風景ヲ見ル事ガ可能。
5 シリコン整流素子。1N34又ハ同等品。
6 もうそうちく。念ノ為、学名ヲ記セバ
Phyllostachys heterocycla var. pubescens.

7 紙飛行機。一九七三年度出版ノ任意ノ詩集ノ一頁ヲ材料トスル。

8 砂。軽クヒト握リ。乾燥シテイルコト。

9 オブラート。日本薬局方。

10 国鉄美幸線、仁宇布・東美深間片道切符。鋏ノ入ッテイナイモノ。

11 何カシラ青色ノモノ、ヒトツ。

12 死亡届。東京都杉並区役所ノ検印ノアルモノ、一通。

13 口琴。

14 非常ノ場合、コノ詩集ヲ完全ニ破壊可能ナ量ノ爆薬。非常ノ場合ガ如何ナル場合ヲ指スカニツイテハ、読者ノ判断ニマツ。

15 物件4ノセロファンガ、大キスギタ時ニ用イル鋏。コレハ物件7ノ製作ニ利用スルモ可。

16 未ダ名ヅケラレテイナイモノ。即チソレヲ構成シテイル個々ノ部品ハ、針葉樹ノ葉、マシマロ、錆ビタ一寸釘、霧状ノ液体、微弱ナ超短波発振器、約三〇〇瓦ノ合挽肉等ノ正確ナ名称ヲ有シテイルガ、ソノ全体ハ呼称不能。

17 C30型カセットテープニ録音サレタ、複数ノ人間ノ呻キ声。

18 密封サレタ古イ燐寸箱。

19 何カシラ青色ノモノ、モウヒトツ。

20 ササヤカデ、シカモ或ル祭儀的アクセントヲ有スル、例エバ白木ノ箸ノ如キモノ。又ハ、白木ノ箸ソノモノ。

21 物件2ヲ圧縮シタ位置ニ保ツ為ノ、鋼鉄製ニッケル鍍金ノ小装置。

22 熱ニ依リ歪曲サレタ音盤一枚。盗品デアル事ヲ妨ゲナイ。

23 向日葵ノ種子、一袋。

24 五万分ノ一地形図長野六号、著作権所有印刷兼発行者、地理調査所。大正元年測図昭和十二年修正測図。

25 果物ナイフ。

26 櫛。使イ古サレテイル。

27 木製独楽。

28 赤鉛筆一本。文字ヲ記ス為トイウヨリ、ムシロ抹消スルタメノ器具、即チ言語ニ対スル一種ノ凶器トシテ。

29 味の素、モシクハ、いの一番。

30 任意ノ新聞連載漫画ノ切リ抜キ。数量ヲ指定シナイ。

31 或ル特定ノ個人ニトッテ、或ル限定サレタ意味ヲ有スル記念物。重量五瓩以下ノモノ。

32 物件10ヲ購入スルニ足ル通貨。但、当該物件ガ欠ケテイル場合ニ限ル。

33 物件6取消。一種ノ推敲ノ結果トシテ。

34 物件23ノ生育ニ必要ナ土壌。降雨及ビ日照ヲ含ム。即チコノ詩集ハ不特定読者ノ参加ナクシテハ成立シ得ナイ。

35 物件34ノ実現ガ可能ナ時間。

36 物件35ノ計量ニ必要ナ暦。

37 原子爆弾。最モ古典的ナ機構ノモノ一式。簡明ナ使用説明書ヲ添付ノコト。

38 物件14取消。

39 物件37ノ収納ヲ指示シタ事ニ依リ、コノ詩集ノ実現ノ可能性ハ極メテ小サクナリ、詩集ニ於テヨリモムシロ詩集目録ニ於テ、詩ノ成立ヲメザストイウ、便宜的方法ヲ採ラザルヲ得ナイ。即チ次ノ物件ガタダチニ必要トサレル。

40 小辞書。既ニ絶版トナッタモノガ望マシイ。

41 物件27撤回。文体変更ニ伴ウ応急処置。

42 物件5抹消。同右。

43 物件15消去。同右。

44 物件25削除。同右。

45 物件45欠番。

46 一九四〇年頃、紀元節ト呼バレル祝日ニ、小学校デ生徒ニ無料配布サレタ菊ノ形ノ紅白ノ打物。

47 蜘蛛ノ巣、一張。

48 仮面。

49 縺レタ毛糸玉一個。

50 民法ニ依ッテ拘束サレ、且ツ少クトモ一度ハ歌ワレタモノ。

51 用途不明デ、茶色ノ光沢ヲ有スルモノ。

52 嫉妬ノ結果トシテ、破壊サレ、ノチ修復サレ、記録ニ残サレタモノ。

53 猥雑デ、尚増殖シツツアリ、塩水中デ潮紅スルモノ。

54 旗一旒。微風ニハタメクモノ。

55 拇印又ハ署名。法的ニ有効ナモノ。

56 オヨソ三ヘクタールノ甘藷畑。

57 ネグロイド女子ノ、生涯ニワタッテ排出サレタ唾液。

58 数代ノ画師ニ依ッテ画キ継ガレテイル、貧民窟ノ細密画。

59 石質隕石ノ入手シ得ル最大ノ破片。

60 コノ目録ノ不可避的膨張及ビ加速ヲ抑制スル為ニ、一旦物件1乃至59ヲ、既ニ取消、抹消、消去、削除、撤回シタモノヲ含メ、保留スル。コノ行為ニ依ル、コノ詩集並ビニ詩集目録ノ相対的変化ノ記述ハ略。

61 コノ目録ガ、第三種郵便物トシテ認可サレタ印刷物中ニ複製サレタ場合ハ、当該印刷物ノ一冊ヲ、ソノ全頁ヲ麻糸ニ依リ縦横ニ縫合シタ上デ、収納スルコト。

62 物件61及ビ保留中ノ全物件ヲ収納可能ナ容器一。

63 物件7ノ保留ヲ解ク。

64 物件7ノ浮揚ニ十分ナ大気ヲ、容器外ニ保持スルコト。

65 コノ目録ノ筆者ガ、当該目録ニ関スル一切ノ法的、道義的、芸術的責任ヲ解除サレル事ヲ申請スル書類一式。申請先ハ不特定読者宛トスル。

66 物件23 34 35ノ保留解除。

推敲去我家的路線

「啊！松鼠！」少女大叫，
手中的扇子不經意滑落。

引自〈推敲去我家的路線〉

說到地鐵丸之內線，從豐島區的池袋到西南邊的杉並區荻窪，直線距離不過九公里，卻因特意繞道，途經茗荷谷、御茶水、東京、銀座、四谷、新宿而受到好評。很遺憾，我家在終點荻窪的前一站，靠近南阿佐谷。在南阿佐谷站走上地面，就會別無選擇地站在了青梅街道的人行道上。如果從那裡往東走，街道的南側就是杉並郵局，然後是杉並警察局，北側則現實中坐落著杉並區公所，接著，我想就會看到一家運動用品店了。在它的拐角處向右轉，和青梅街道告別就對了。

如果走這條路，沒什麼轉彎過了杉並自來水公司，只一個下坡就會迎面遇到國宅阿佐谷社區。而且，最後的幾十米處，還有一個網球場。所以，如果說走到那裡、遇到公共電話亭後再左轉，其實就等於是繞網球場半圈。（只是，第二次左轉後，會在右方看到杉並稅務署）

之後就簡單了。轉進附近任何一個狹窄的十字路，再轉任何一個就可以了。或許會遇到一兩家普通的香菸雜貨店，但完全不會在那兒迷路。因為沒有懸崖和人造湖之類的東西，事實上可以無視危險。穿過墓地間的夾縫小徑，然後那家蔬菜店可以成為地標吧。

當然，蔬菜店的隔壁是賣酒的，它的隔壁是賣點心的，然後是牙科診所、油漆行、書店、水果店，周圍的共同體就這樣連接在一起。往北過了青梅街道，它變得越來越高密度化，最後被聚集到國營電車阿佐谷站。當然，從這一站也能徒步走到我家。

私の家への道順の推敲

「あ、栗鼠！」と叫んで、少女は思わず手にした扇子をとり落した。

〈私の家への道順の推敲〉より

地下鉄丸ノ内線と言えば、豊島区の池袋から南西の杉並区荻窪まで、直線距離にすればたかだか九粁ほどのところを、わざわざ茗荷谷、御茶ノ水、東京、銀座、四谷、新宿という工合に遠廻りして走ってるので評判である。私の家は残念だが、その終点荻窪の一つ手前の駅、南阿佐ヶ谷に程近い。南阿佐ヶ谷で地上に出ると、青梅街道沿いの歩道に立つのを避ける訳にはいかない。そこから仮に東へ歩き始めるとすると、街道の南側には杉並郵便局、つづいて杉並警察署、北側には杉並区役所が現実に立っていて、その先に一軒の運動用品店が、この場合、目に入るだろうと思う。その角を単に右折して青梅街道と別れるのが正しい。

さしたる曲折もなく杉並水道局を過ぎ、僅かな下り坂だけで住宅公団阿佐ケ谷団地に突き当る事のできるのも、その道ならではの話だ。おまけにあろう事か、最後の数十米はテニスコートに沿ってすらいる。だから、突き当って左折し、更に公衆電話ボックスを再び左折すると言っても、結果はテニスコートを半廻りするにひとしい。(但、杉並税務署は、二度目の左折後、右手に見る)

その後はもう簡単だ。どこかそのあたりの狭隘な十字路の一つを曲り、他の一つを曲らなければいい。恐らく通俗的な煙草小売店の一軒や二軒には出会うだろうが、そんなところで道に迷う必要は全く無い。崖とか人造湖の如きものも存在しないから、危険は事実上無視できる。墓地に挟まれた小道を抜けて、結局八百屋のあるのが目印になるだろう。

言うまでもなく、八百屋の隣は酒屋、その隣は菓子屋、そして歯科医院、ペンキ屋、本屋、果物屋という風に周辺の共同体は連続している。北へ青梅街道を越えて、それはますます高密度化しつつ遂には国電阿佐ヶ谷駅へと収斂する。その駅からも当然、私の家へ徒歩で達する事が可能だ。

棲息的條件

緩緩地隆起，形成一個淺淺的進深，再斜向延伸，扭轉出幾重
的彎折——
時而蕩漾，不斷地微微膨脹，（其整體為流體）同時越來越向
上方上升，轉瞬之間找到平衡，但是下一個瞬間就軟軟地歪
斜，然後很快就靜靜地扭曲著滑走——
不知不覺間打開，不知不覺間緊縮，表連著裡，圓滑地反轉，
（爆發地收斂）再泡脹、彈跳、痙攣、結塊、融化！
咕溜溜、濁沈沈地沈澱、抽動著，
（捲曲收縮著）因此默默無言地——

力從彼方來，力在此生力，力與力較量，被力之網捕獲似地掙扎著，又因力而無限地擴展開，在決不會被切斷的不規則性中，孕育著來路不明的律動，漫無邊際——

（看似回歸，而不迷失方向）

沒有微觀也沒有宏觀。星星搖籃裡的肉的搖籃，我們棲息，享受無限的眩暈。

棲息の条件

ゆるやかに起き上り、ひとつの浅い奥行を成しさらに斜めに伸び、ねじれつつ鋭く折れ曲り幾重にもたたまれ——時にたゆたい、絶えずかすかに膨み、（その全体は流れ）同時に上へ上へと立ち昇り、束の間釣合い、けれど次の一瞬にはしなやかにゆがみ、やがて静かにくねりながらすべってゆき——知らぬ間に開き、いつかつぼまり、表は裏につらなり、なめらかに反転し、（爆発的に収斂し）またふやけ、はずみ、ひきつれ、かたまり、溶け！ぷりぷりし、とろんとよどみ、ひくひくし、（ちりちりしたりして）そのくせ、しんと無言で——力は彼方より到り、力は此処に力を生み、力は力とせめぎあい、さながら力の網にとらえられたかのようにもがきつつ、力によってきりもなくひろがってゆき、決して断ち切られることなくその不規則性のうちに、得体の知れぬ律動をはらんでとりとめなく――

（回帰するかに見えて、方向を失わず）
微視も巨視もないのだ。星のゆりかごの中の肉のゆりかご、私等は棲息する、無限のめまいに恵まれて。

完美線條的一端

一片樹葉，在完美線條的一端。儘管葉脈純屬一種功能，卻在實現著自我，彷彿期待著被我們讀懂。（它幾乎可以說是被畫上去的）也許，把它當作預言閱讀的人應該在僧院裡死去，把它當作設計圖閱讀的人應該得癌症吧。而把它當作地圖閱讀的人會在森林中迷路，把它當作骨頭閱讀的人，最好歌唱著秋日的長晝過活。

即便抵擋住這般誘惑，不去從中閱讀什麼，但是很顯然，我們依舊無法擺脫人的尺度，完美的線條已經被封在了任何視線都無法到達的彼岸。就算是一根瘦木，也不厭其煩地體現著這一點。不光是葉，就連伸向空中的樹梢、翻土的根、甚至脆弱的枯枝，也都體現著。

完璧な糸の一端

一枚の木の葉は、完璧な系の一端にある。その葉脈は純粋に機能的なものであるにもかかわらず、我等に読みとられることを期待するかの如く実現している。（殆ど、書かれていると言ってもいいほどだ）それを予言書として読む者は僧院で死すべきであり、それを設計図として読む者は発癌するだろう。それを地図として読む者は森に踏み迷い、それを骨として読む者は、秋の日長を歌い暮らすが良い。

たとえそのような誘惑にのらず、そこに何ものをも読まぬとしても、我等は人間の尺度から逃れ得ず、完璧な系はいかなる視線もとどかぬ彼方ですでに閉じ終っていることは明らかである。一本の痩木といえども、そのことを飽きずに体現しているのだ。葉によってのみならず、空へ伸びる梢によって、土をまさぐる根によって、その弱々しい枯れざまによってさえ。

關於灰之我見

無論多麼白的白，也不會有真正白的先例。在看似沒有一點陰翳的白中，隱匿著肉眼看不見的微黑，通常，這就是白的結構。我們不妨這樣理解，白非但不敵視黑，反而白正因其白才產生黑孕育黑。從它存在的那一瞬間起，白就已經開始向黑而生了。

然而在走向黑的漫長過程中，不論經過怎樣的灰的協調，在抵達徹底變黑的瞬間之前，白都從未停止過堅守自己的白。即便被一些不被認為有著白的屬性的東西——比如影子、比如弱光、比如被光吸收的侵犯等，白在灰的假面背後閃耀著。白的死去只是一瞬。那一瞬，白消失得無影無蹤，完整的黑頓現。

然而——

無論多麼黑的黑，也不會有真正黑的先例。在看似沒有一點光亮的黑中，隱匿著肉眼看不見的基因似的微白，這就是黑平常的結構。從它存在的那一瞬起，黑就已經開始向白而生了……

灰のついての私見

どんなに白い白も、ほんとうの白であったためしはない。一点の翳もない白の中に、目に見えぬ微少な黒がかくれていて、それは常に白の構造そのものである。白は黒を敵視せぬどころか、むしろ白は白ゆえに黒を生み、黒をはぐくむと理解される。存在のその瞬間から白はすでに黒へと生き始めているのだ。

だが黒への長い過程に、どれだけの灰の諧調を経過するとしても、白は全い黒に化するその瞬間まで白であることをやめはしない。たとえ白の属性とは考えられていないもの、たとえば影、たとえば鈍さ、たとえば光の吸収等によって冒されているとしても、白は灰の仮面のかげで輝いている。白の死ぬ時は一瞬だ。その一瞬に白は跡形もなく霧消し、全い黒が立ち現れる。だが——

どんなに黒い黒も、ほんとうの黒であったためしはない。一点の輝きもない黒の中に目に見えぬ微少な白は遺伝子のようにかくれていて、それは常に黒の構造そのものである。存在のその瞬間から黒はすでに白へと生き始めている……

玩水的觀察

先是被水濡濕的足跡消失，然後是可愛的酒窩和圓圓的眼睛消失。一旦桃色的手指消失、烏黑的捲髮消失、膝蓋消失的一眨眼間藍天消失，花朵消失，接著，所有的文字也都消失了。當然士兵們消失，錐子、鐵錘、鉗子等工具也消失，由此足以推測出，思想也一定消失了。就是說，從最確定的東西到最不確定的東西，全都消失了。

將這種狀態描述為一切都消失了，那是懶惰詩人慣常的手段，其實，「一切都消失了」也消失了，意味著「一切都消失了也消失了」都消失了，然而，還來不及被這種文字遊戲弄得神魂顛倒，在下一個瞬間，一條活蹦亂跳的鱒魚就出現了。也來不及細想，緊接著，小河、還有無主的皮包、六法全書、午後二時十三分出現了，此外，戀人們也開始出現。然後一瞬之間，被水濡濕的足跡重又顯現，那位S＊＊＊小姑娘（五歲五個月）裸露的肚皮和中間漩渦般的肚臍以及興高采烈的笑顏也出現了。

水遊びの観察

先ず初めに水に濡れた足跡が消え、次にはかわいいえくぼとつぶらな眼が消えた。桃色の爪が消え、黒い捲毛が消え、ひざこぞうが消える頃にはあっという間もなく青空が消え花々が消え、つづいて文字という文字が消えた。もちろん兵士等も消え、錐、金槌、ヤットコなどの工具類も消え、それは思想もまた消えたにちがいないと推測させるに十分だった。即ち最も確実なものから最も不確実なものまでが消えたのである。

こういう状態を、すべてが消えたと表現するのは怠惰な詩人の常套手段だが、実はその〈すべてが消えた〉も消えていたのであり、ということはこの〈すべてが消えた〉も消えていたのであり〉も消えてしまっていたのであるが、そんな字句の戯れにうつつをぬかす糸間もなく、次の瞬間には一匹のぴちぴちした鱒が現れた。と思う間もなくつづいて小川が、そして誰のものか分らぬ革鞄が、六法全書が、午後二時十三分が現れ、一方では恋人たちも現れ始めていた。そうしてまたたく間に水に濡れた足跡がふたたび現れ、かのS＊＊＊嬢（五歳五ヶ月）の真裸のお腹とその真中の渦巻くおへそと上機嫌の笑顔もまた現れたのである。

為了世界末日的細節

沒有風，青蘋果卻從枝頭落下。被放出的羊群開始叫，直到入夜也咩咩不止。咯吱的門扉變得和羽毛一樣輕，書籤從書頁間滑落，剛剛竣工的歌劇院裡，歌聲突然無法傳到觀眾席。就算載玻片上爬滿裂紋無可奈何，孩子們的不再哭鬧卻叫人難耐。螞蟻回不了家，在草間迷路，音叉手錶的音叉普遍高了半個音，它開始鳴響時，襪子拉了多少次也還是一味地下滑，桌腳麻了，壁紙長疹子。然而那種被稱為嫉妒的情感，非但沒有消失，反而越發強烈，因無一可以決定，一家之主們的腹部或硬結為板狀，或凹陷成船底狀。咖啡豆的庫存見了底，面向旁邊的水兵凝望正前方的時候，動物園的駱駝傻傻地走上街。星星像癱了雙腿蹭到一起，鐵的雕刻被大錘鑄就，曼陀羅的眾佛撩起衣衫下擺，溯流而去，孕婦們渾然不知地排成隊，所有的事件都成為下一個事件的前兆，然而動章照授，只是世界的細微之處開始喪失其凸凹和特有的惡臭。

螺旋伸直，直線忘記了緊張而彎曲，圓扭曲了，平行線向外互相背離。就算想笑它的滑稽，肌肉也已經不屬於皮膚。如馬口鐵碎片的東西不斷從空中飄落。白痴的臉上，終於駐留人類無法實現的睿智之影。大氣被真空吞噬。地球上所有的語言，不論是有文字的還是沒有文字的，都收斂為O形的叫聲，沈默緩緩地將這叫聲捲入漩渦、緊緊抱擁的時候，一粒蒲公英的種子，想要到達地上卻又無奈地在臉頰附近遊蕩。

世の終りのための細部

風もないのに青いりんごが枝から落ちる。放たれた羊たちは鳴き始め、夜になっても鳴き止まない。軋んでいた扉が羽根のように軽くなり、栞が頁の間からこぼれ、それから突然、竣工したばかりの歌劇場で、歌声が桟敷席までとどかなくなる。ステインドグラスに亀裂が走るのは仕方ないとしても、子供等が泣かなくなるのは耐え難い。蟻が巣に戻れなくなって、草の間で迷い、音叉時計の音叉がおしなべて半音高く響き始める頃には、何度たくしあげても靴下はずり落ち、卓子の脚は麻痺し、壁紙は発疹する。だが嫉妬と呼ばれる感情は消失するどころかますます激しさを加え、何ひとつ決定出来ぬため、家長たちの腹部は板状に硬直し、舟底状に陥没する。珈琲豆の在庫が底をつき、横を向いていたジャックが正面を凝視する頃になると、動物園の駱駝がうっそりと街に歩み出てくる。星々がいざりのようににじり寄り、鉄の彫刻が大槌に鋳直され、マンダラの仏たちが裾をからげて河をさかのぼり、孕んだ女たちが何ごとかも知らずに行列をつくり、すべての出来事は次の出来事の前兆となり、それでもなお勲章が授けられ、けれど徐々に世界の細部はその凹凸と、特有の臭気を喪失し始める。

螺旋は伸び切り、直線は緊張を忘れて撓み、円は歪み、平行線は互いに外側へと背き合う。その滑稽を笑おうにも、筋肉はすでに皮膚に属していない。ブリキの破片の如きものが絶え間なく空から降ってくる。白痴の顔に、ついに人間が実現し得なかった叡智の影が宿る。大気が真空に吸いこまれてゆく。地球上のあらゆる言語が、文字を持つものも持たぬものも、Oの形の叫びに収斂し、その叫びを沈黙がゆるやかに渦巻きながら抱きとってゆく時、たんぽぽの種子がひとつ、地上に到達しようとむなしく頬のあたりをただよっている。

模擬解剖學式自畫像

我吃了草莓。我有一顆金屬填充的臼齒。我看到了一棵不知名樹木的嫩葉。我有虹膜。我往合板上釘了釘子。我有肱二頭肌。我反復哼唱記憶模糊的一段歌曲。我有舌下小丘。我在中杉路的空氣中嗅到了擦肩而過的女人的化妝品香氣。我有龜頭。我一邊查辭典一邊寫下幾個字。我有掌丘。我因不知什麼重要，所以我把我寫個沒完。我有側頭葉。

我被拒絕瞭解自己到底為何人。儘管如此，我還是含有苯丙酮酸。我發現自己對友人的不幸心中竊喜，而我擁有的薦髂關節，它正是支撐這樣的我的構造的物件之一。我還有麥氏觸覺小體[1]，可以在電車中感知向我靠來的醉漢汗涔涔的皮膚，但卻不想承認他的神經膠與自己的神經膠同出一轍。我在自己死掉之前免不了是自己的俘虜吧，這讓我感到輕微的暈眩。我有蝸牛導管。它透過地球重力，與未知的星際物質接觸。我總會在焚化爐中被燒掉吧。只留下一個喉結。

1 **編按**：Meissner's corpuscles。分布在皮膚真皮乳頭內，以手指、足趾掌側的密度最高，是人體的觸覺感受器。

擬似解剖学的な自画像

私は苺を食べた。私には金の詰物をした大臼歯がある。私は名前を知らぬ樹の若葉を見た。私には虹彩がある。私は合板に釘を打ちこんだ。私には上腕二頭筋がある。私はうろ覚えの歌の一節を繰り返した。私には舌下小丘がある。私は中杉通りの空気の中に、すれちがった女の化粧品の匂いを嗅いだ。私には亀頭がある。私は辞書を引きながら、いくつかの文字を書いた。私には指間球がある。私は何が重要なのかよく解らないので、私は私はと書きつづける。私には側頭葉がある。

私は自分が正確に何者であるか知ることを拒まれている。にもかかわらず私には、フェニルピルビック酸が含まれている。私は友人の不幸を心の底で喜んでいる自分を発見しつづけ、そういう自分の構造を支えているもののひとつとして、仙腸関節をもっている。私はまたマイスネル触覚小体をもっていて、電車の中で私に寄りかかってくる酔っ払いの汗ばんだ肌を知覚するが、彼の神経膠が自分のそれと同一であることを認めたがらない。私は死ぬまで私の虜であることを免れぬだろう。そのことが私に淡い眩暈を感じさせる。私には蝸牛導管があり、それは地球の重力を介して、未知の星間物質に接触している。私はいつか焼却炉で焼かれるだろう。一個の甲状軟骨を残して。

祭祀儀式的備忘錄

平舉起你的雙臂啊，為了你所屬的空間。平靜地重複你的呼吸，為了你出現的時間。你吐口水吧，為因侮辱而佇立。你閉上眼睛吧，為因恐懼而知曉！

你用嘴唇沾沾水吧，為了顯示人類的飢渴。你用腳踩踏荊棘，作為一個偽善者。你焚香，與他人分享大氣。你搖響鈴鐺，作為對沈默的負荷。

你不要遵從慣例，你可以即興，你不要占卜，不要預言。

你不要披上死去鳥兒的羽毛，不如用連根拔除的草裝扮。你不要任何隨從陪伴，也不要建造過高的祭壇。你不要為任何事祈願，只需呻吟，不用任何語言。
用你的拳頭擂擊大地，為證明對宇宙的順從。用你的手掌掩面，以便接近死者。你要跳三跳，為了幸福的同胞。你要自報家門，為了不使毒罵浪費。
你要流血，成為犧牲品，但絕不要死。你要活下去啊，揮舞五色彩巾，彷彿漫不經心的魔術師。

祭儀のための覚え書

君は君の両腕を水平に挙げよ、君の属している空間のために。君は君の呼吸を平静に繰り返せ、君の出現している時間のために。君は唾せよ、侮蔑によって立つために。君は目を瞑れ、畏怖によって識るために。

君は水に唇を触れよ、人の渇きを示すために。君は茨を踏め、一偽善者として。君は香を焚け、大気を他と頒ち合え。君は鈴を鳴らせ、沈黙への負荷として。

君は慣例に従うな、君は即興を許されている、君はしかし占うな、予言するな。

君は死んだ鳥の羽毛をまとうな、むしろ根こそぎされた草で装え。君はいかなる従者も伴うな、また高すぎる祭壇を築くな。君は何事も願うな、ただ呻け、どんな語も用いずに。君は拳で大地を打て、宇宙への従順を証しするために。君は掌で面を隠せ、死者へと近づくために。君は三たび跳躍せよ、幸福な同胞のために。君は名を名乗れ、悪罵を無駄にせぬために。君は血を流せ、自ら牲となれ、だが決して死ぬな。君は生き延びよ、五色の巾を振れ、無頓着な手品師のように。

風景畫從畫框流出的吧

畫家畫了一種與眼前的物品完全不同的東西，而且它也與我及我心所想的東西完全不同。位於近景的似乎是司空見慣的眼藥水瓶，中景為天空，遠景有類似動物腳趾的東西。同時，由於所有的東西都是用近乎深褐色的色調畫出的，所以在整體印象中它就像是一塊厚櫟木板的多變木紋。

也許沒人能夠指明這是哪裡，甚至也沒人敢說出這是什麼。然而，這幅畫絲毫沒有抽象化，也沒有與任何人的心緒相對應。這樣的畫當然不能期待它是什麼室內的什麼壁畫，然而正因如此，畫或者畫家也不必受罰。它只是對現世無數事物的、偶然卻也因此如誠實的窗子一樣，我們透過那扇窗所看到的東西是什麼，則永遠被隱藏起來。

也許只有做工精細、成為沈默匠人之手的畫框，是可以推測出那幅畫的價值的唯一根據，然而沒人能夠保證畫不會越過畫框流出。

風景画は額縁から流出するだろうか

画家は目前にあるものとは全く異ったものを画いてしまった。しかもそれは我と我が心の意図したものとも全く違っているのだ。近景にあるのはありふれた目薬の小壜ででもあるらしい。そして中景には空があり、遠景には動物の趾のようなものがある。と同時にそれらがすべてセピアに近い色調で画かれているために、全体の印象は一枚の樫の厚板の多様な木理のようでもある。

何者もそれが何処であるかを指摘できぬだろうし、またそれが何なのかすらあえて言い出す者はなかろう。だがその画は何ひとつ抽象化し得ていないし、それはまたいかなる人間の心象にもその対応を得てはいない。そのような画は当然どんな室内の、どんな壁面も期待できないのだが、そのことによって画又は画家が罰せられることもないのである。それはただ現世の無数の事物への、偶然のそれ故に誠実な窓の如きものであり、その窓を通して我々の見るものが何であるかはいつまでも隠されている。

おそらくは無口な工人の手になる丁寧な細工の額縁のみが、その画の価値を推測し得る唯一の根拠であるが、画がその額縁を超えて流出せぬとは何者も保証しない。

打開的窗戶的例句

窗戶打開了。打開的窗戶被扭曲的風之繩與風景相連接。不，打開的窗戶往往只能被我那焦點外移的視線觀察到極小的一部分。不，打開的窗戶是被不斷褪色的土黃色塗料裝飾著的。不，打開的窗戶借助於流動、填充在開放處的空氣，將室外的細微聲音傳播到室內。不，打開的窗戶以其被打開的狀態，記錄著打開它的人幾分鐘之前的行為。不，打開的窗戶將多位工匠的技術，低調地展示了半個世紀。

不，打開的窗戶是一個瑣碎的幻想。任何細節的描寫都不過是為說話者語言的撫慰而準備的粗野材料。不，打開的窗戶作為一個無用的觀念，使一個人和另幾個人之間產生瞬間的不安定的連帶。不，打開的窗戶表徵著眼下這個瞬間被打開的不可計數的全世界窗戶的總量。不，打開的窗戶是不斷由實際存在向比喻持續掉落的晃動影像。不，打開的窗戶，不論在多麼錯亂的脈絡中都不會遭到破壞。不，打開的窗戶是無意義的。不，打開的窗戶傳播憎惡。

一隻螞蟻沿窗框爬行。窗戶打開著。

開かれた窓のある文例

窓が開かれている。開かれた窓は捩れた風の縄によって風景に接続される。いや開かれた窓はともすれば外部へと焦点を移動させようとする私の視線によって、ごく部分的にしか観察されていない。いや開かれた窓は褪色しつづける黄土色の塗料によって装飾されている。いや開かれた窓はその開放部を流動しつつ充填している空気を介して、室外の微音を室内へ伝播する。いや開かれた窓はその開かれている状態によって、それを開いた人間の数分前の行為を記録している。いや開かれた窓は複数の工人の技術を、半世紀にわたって控え目に展示しつづけている。

いや開かれた窓は瑣末なひとつの幻想である。いかなる細部の描写も、話者の言葉の慰めのための粗野な材料であるに過ぎない。いや開かれた窓は無用なひとつの観念として、一人の人間と他の何人かの人間のあいだに、或る束の間の不安定な連帯を生じさせる。いや開かれた窓は今この瞬間に開かれている計量不可能な世界中の窓の総体を表徴している。いや開かれた窓は不断に実在から比喩へと転落しつづけるゆらめく映像のひとつである。いや開かれた窓はどんな譫妄的な文脈の中でも、破壊されることはない。いや開かれた窓は無意味だ。いや開かれた窓は憎悪を媒介する。

窓枠を一匹の蟻が匍う。窓が開かれている。

被隱藏起來的名字的命名

第一個名字與恐怖一同被喚。第二個名字因驚愕而無法出聲。第三個名字是野獸的呻吟，第四個名字不過是嘆息。第五個名字趁著黑暗無聲地私語，第六個名字已經成為禁忌，第七個名字與不幸的笑聲無法分辨，第八個名字是詛咒，第九個名字是喃語，第十個名字已暗示出階級。第十一個名字和第十二個名字當然是閒言惡語，第十三個名字借用了其他的名字。第十四個名字是懶惰的擬聲詞，第十五個名字在被叫出口的瞬間變成死語，第十六個名字不被重複，第十七個名字將人趕向死亡，第十八個名字對其進行解釋，第十九個名字是一個只是名字的名字。

接著第二十個名字是一個包羅萬象的名字，第二十一個名字不是任何東西的名字，第二十二個名字輕而易舉地掛在萬人之口，第二十三個名字如睡眠般令人愉快，第二十四個名字在似夢非夢間被傳誦，第二十五個名字指示著彼方，第二十六個名字終於無名……

於是及至第二十七個，名字終於成了語言，名字生出名字，名字為名字命名，名字否定名字成為新的名字，名字像癌細胞一樣不斷增生，而且所有的名字都被記載到辭典裡。然後，倖免於此的上述二十六個名字，已經沒有了相應的音聲和表記，被埋到了人類的脛骨裡。

隠された名の名乗

初めての名は恐怖とともに叫ばれた。二番目の名は愕きゆえに声にならず、三番目の名は毛物の呻き、四番目の名は吐息にすぎず、五番目の名は闇に乗じて無声音で囁かれ、六番目の名はもはやタブー、七番目の名は不幸な笑声と区別がつかず、八番目の名は呪咀、九番目の名は喃語、十番目の名はすでに階級を暗示した。十一番目と十二番目は言うまでもなく悪口雑言、十三番目の名は他の名から借りてこられた。十四番目の名は怠惰な擬声語、十五番目の名は、呼ばれた途端に死語となり、十六番目の名はくり返されず、十七番目の名は人を死へと追いやり、十八番目の名はそれを解釈し、十九番目の名は名ばかりの名であった。

さて、二十番目の名は何もかもひっくるめたものの名であり、二十一番目の名は何ものの名でもなく、二十二番目の名はたやすく万人の口にのぼり、二十三番目の名は眠りのように快く、二十四番目の名は夢うつつのうちに唱えられ、二十五番の名は彼方を指し示し、二十六番の名はついに無名であった……

かくて二十七番目に至ってようやく名は言葉に成り、名は名を生み、名は名を名ずけ、名は名を否定して新しい名となり、名は癌細胞のように増殖をつづけ、あまつさえ名という名はすべて辞書に記載せられることになったのである。そして、それを免れた前記二十六の名は、もはやふさわしい音声も表記もなしに、人類の脛骨《むこうずね》のあたりに埋もれている。

奈

十月二十六日午後十一時四十二分，我寫下「奈」。「奈」的意思為，一、日語中的一個平假名文字。二、可以用「奈」這個音指代的事物、以及物的幻影以及可以聯想到的一切。亦即「奈」中包含著始於「奈」、終於全世界的可能性。三、我寫下「奈」的行為的記錄。四、以及與上述一切共通的內在的無意義。

十月二十六日午後十一時四十五分，我用橡皮擦將寫下的「奈」擦掉。「奈」後面的空白的意義，是對前述四項的否定，以及不可否定的事物。亦即如果不記述寫下「奈」及擦掉「奈」

的事實，那麼對他人來說這些就並不存在，因而其行為也就不復存在。然而，如果加以記述，那麼無論我做出怎樣的行動，都將無法否認「奈」。

「奈」就這樣存在了。十月二十六日午後十一時四十七分，我無法背叛我生存的形式。無法超越語言。甚至只是因為一個「奈」。

な

十月二十六日午後十一時四十二分、私はなと書く。なの意味するところは、一、日本語中のなというひらがな文字。二、なという音によって指示可能な事、及び物の幻影及びそこからの連想の一切。即ちなにはなに始まり全世界に至る可能性が含まれている。三、私がなと書いた行為の記録。四、及びそれらのすべてに共通して内在している無意味。

十月二十六日午後十一時四十五分、私は書いたなを消しゴムで消す。なのあとの空白の意味するところは、前述の四項の否定、及びその否定の不可能なる事。即ちなを書いた事並びに消した事を記述しなければ、それらは他人にとって存在せず従ってその行為は失われる。が、もし記述すれば既に私はなを如何なる行為によっても否定し得ない。なはかくして存在してしまった。十月二十六日午後十一時四十七分、私は私の生存の形式を裏切る事ができない。言語を超える事ができない。ただ一個のなによってすら。

咽喉的黑暗

之所以將唯有憑依人的肉體和肉聲才得以成立的 exercise 以腳本或記錄乃至夢幻都無法捕捉的形式活字化，並不是因為別的什麼，而是只限一時一地的人的肉體和聲音的鮮活，在我心中誘發了語言。

用語無倫次的信口開河、裝腔作勢和模仿學舌，我將它們的輪廓傳達給集體十四行詩的演員們，他們雖然困惑，卻也用無常的手、腳、咽喉、嘴唇，一瞬之間在空中現出幻影。它們將普通的語言所無法給予的戰慄給了我。

然而，以下文字群的活字，卻與此類事件相去甚遠吧。

鳥獸戲畫

幾個男女站在那裡。站立的時間可為拂曉，亦可為白晝。站立的場所也是自由的。如果是自我娛樂，那麼他們可以是荒野的一點；如果是想讓觀眾看到，那麼他們在舞台上也無妨吧。他們沒有必要接受作為職業演員的專門訓練，也許他們首先就不是他們而是我們。

起初，他們似乎是沈默的。可是側起耳朵，就會聽見他們身體發出的聲音、血液的循環和心臟的跳動、還有呼吸和消化器官的聲音。也許，甚至還會從中聽到他們那現在正要說些什麼的身體的彈性。

他們嘴唇微啟，從那裡發出幾近呼吸的私語。那是怯懦而又敏感的小鳥的低吟，它們覺察到厚厚的雲層那邊，太陽正在升起；那還是幼獸們的鼻息，它們尚未睜開眼睛，就在找尋母親的乳房。

這些聲音慢慢地增加了種類，也加大了音量，雖然豐富得足以覆蓋地球上動物相的全部，但是並不要求對每個鳥獸的鳴叫聲做忠實的模仿。

比如雞、比如牛羊、比如貓狗等家畜，我們自然可以模仿乃至再現，然而，由於其他種類的鳥獸屬於我們的想像世界，所以我們會使用人語之外的我們所能發出的所有聲音。但是，不管這些聲音有多麼奇怪，當然都遠遠不及現實中鳥獸數百萬年來發出的鳴叫聲。

聲音持續了幾分鐘之後，漸次沈靜下去，雖然最後靜謐得幾乎什麼都聽不見，但它還是不間斷地開始進行下一次。

呻吟的賦格

一個男人和一個女人站在那裡，他們中間隔著一定距離，也並不是相對而立。兩個人彷彿都沒有注意到彼此的存在。也許他們都很自然地閉著眼睛。

可以看見二人的胸部因呼吸而緩緩起伏，肩膀一上一下。寂靜之中，我們的耳朵可以聽到一些細微的聲音。那聲音斷斷續續，給人一種好似在空中漂浮的印象，但是很快就會讓人明白過來，那是他們倆發出的呻吟聲。

極其緩慢、且有著不規則週期的兩個呻吟聲時而孤立，時而互相糾纏著，一起前行。前方也許可以說是很音樂的吧。被慎重控制的漸弱、漸強往往帶來聲音的強弱抑揚，從輕緩到中強。

呻吟聲彷彿傳達著肉體的苦痛，又彷彿無意識地表現著性的快樂。也許有時候，還可以理解為在無計可施的情況下，極深的精神不安因這呻吟聲而勉強得以釋放。

不管怎樣，如果呻吟聲只讓人聯想到一種情況，那就是很深。雖然它的確是從二人的喉嚨裡發出的，但是聽起來，卻又像是一個肉眼看不見的東西，正以人體為笛，吹奏出超越人類的情感。

（似乎是為了防止呻吟的抒情，蹲在二人背後的幾個人影，有時會發出幾聲日常的咳嗽。）

點畫法

雖然還沒有任何意義，但這裡的每個人，卻顯然達到可以稱為與鳥獸鳴叫相異的人類發聲的單位。其過程毫不圓滑，甚至笨拙、努力得有些荒誕。

這是因為，那些新的聲音並不是依各人的意志而發出的。至少在最初很短的時間裡，它是以像打嗝那樣有些滑稽的形式，從內部湧上來的。

用尚未有意識地使用過的聲帶、舌頭、牙齒和上顎，發出有著某種秩序的聲音，哪怕僅此一聲，也是一種意料之外的巨大抵抗行為。有人儘管口吃也要吐出聲音，有人強行使用肌肉，想賦予聲音以聲音。

然而，在與湧上來的聲音的格鬥中，人人都不知不覺將其馴服，還更進一步，自己創造了聲音。各人單槍匹馬各自到了這裡，但是此間它們記住了，將它們馴化了的聲音投向自己以外的人。

這是一個純潔無邪的遊戲。沒有任何意義，但那因尋求夥伴的人類的情感而帶電的聲音，在空間像球一樣飛舞。

那聲音幾乎只是由一個單純的音構成的，但是在一群人中間，它也會以一種未知的語言體系被聽懂。而今每個人似乎都有充分的餘裕，發一個有別於新聲的多元聲音的音，然後分辨，欣賞它的千變萬化。

呼其名

音與物結合的時候，就產生了名。我並不是要說明性地追蹤語言的發生，只是，此前一直被認為是毫無意義的一個音，比如「ㄇㄟ」這個音和手指真真切切所指的眼睛向結合的時候所具有的某種衝擊，不知為什麼，也會存在於這種不上不下的場合。

「目」、「牙」、「耳」、「手」等名稱，卻是決不會同歡喜或者爽快的感覺一起出現的，而是與苦痛乃至嫌惡一同產生的。也許人人都要伴隨著嚴重的口吃症狀，在這裡再次成為無法駕馭之物的俘虜，但是這不會很長久。

他們馬上就會因習慣名稱、命名名稱開始發現這個世界。孩子般的熱心、驚奇和敬畏控制著他們，人人都互相稱呼彼此身體的部分、衣裝、攜帶物的名稱。

各個名稱被一一鄭重地發音，甚至被抒情地反芻。於是名稱便急劇膨脹開來。亦即，他們開始將在周圍看到的所有之物和存在的所有人的種種雜多的名稱，如飢似渴地叫個不停。始於眼前具體物的具體名稱的一種祭祀般的狂熱，必然抽象化然後又不得不轉移到想像力的世界。名稱喚起名稱，聯想招呼聯想，各人都變得對現實世界充耳不聞、視而不見，執著於自己內部的語彙。

他們甚至沒有時間思考一下，與那些名稱相對應的實體究竟是否存在，便接連不斷地大呼其名。那些名稱已經不具備任何機能，也並未暢通。名稱像念佛誦經一樣，不可思議地成了咒語，最後甚至稱呼名稱的行為，都似乎埋沒在疲勞之中。

阿與依

阿與依，是日語五十音最前面的兩個音。這單純至極的音，是在名稱的洪水中被再次發現的。在叫遍泛濫的所有的物的、所有的觀念的、所有的現實和非現實的混合的名稱的人們空虛難耐之時，他們便退化成嬰孩，開始把阿與依當作玩具，就像這也是一種突然流行的習俗。

他們只說阿與依。彷彿是玩賞阿與依，憐惜阿與依，他們用各種方法發音，並試圖在這兩個音中注入所有的感情，像是自己的某一部分變啞了。

他們只將阿與依當作語言跟別人說話，並希望別人也只用阿與依這樣貧乏的語言來應答。在某種意義上，他們如同為阿與依請求佈施的化緣僧一般禁慾；在某種意義上，他們又像一群接受集體療法的精神病患一樣病態。

他們周圍的與他們無關的村民們，或者過路的人們，或者如果把那裡看作是舞台，那就是觀眾們，抑或是我們，侮辱過來搭話的他們呢？還是會用不到位的語言和他們搭訕呢？

不管怎樣，在某段時間的持續之後，每個人都定會離散孤立，遭到遺忘。在失望的最後一瞬，阿與依的音終於在一個人的唇上連接在一起，明確地發出「愛」這個詞的音。然而，如此發聲的那個人，卻已經無論如何不能在自己心中把玩這個詞的實體了。

儘管也許他或者她第一次領略所謂的意義。儘管他們也許是第一次正要將一篇文章訴之於口。

然而謊言的語言，只能混入真真切切寫在這裡的、無止境的人類語言的無限大的宇宙中。瞬間聚集來的數名男女，也在不知不覺間散去，遠處不斷傳來人的聲音，彷彿在證明世間沒有完美的沈默。

咽喉の暗闇

人間の生身と肉声によるしか成立しようのないこのひとつのexerciseを、台本とも記録ともまた夢ともつかぬ形で活字化するのは他でもない、その時限り、その場限りの人間の体と声のなまなましさが、私の内部に言葉を誘ったからにすぎない。

支離滅裂な出まかせや、身ぶり口真似で、私はこれらのものの輪廓をグループ・ソネットの役者諸君に伝え、諸君は戸惑いつつも、無常な腕や脚や咽喉や唇で束の間中空に幻を現出させた。それらは通常の言語の決して与えることのできぬ戦慄を私に与えた。

以下の一群の活字はしかし、そのような出来事全体からは遠く距っているであろう。

鳥獣戯画

数人の男女が立っている。立っている時は暁でもいいし、白昼でもいい。立っている場所も自由である。自分たちだけで楽しむのなら荒野の一点であってもいいし、観客に見せたければ舞台上でもかまわないだろう。彼等は演技者としての職業的な訓練を受けている必要はないし、彼等は第一彼等ではなくて我々なのかもしれない。

初め彼等は沈黙しているかのように見える。しかし耳をすますと、彼等の体のたてているいろいろな音、血液の循環や心臓の鼓動、それに呼吸や消化器の音などが聞え、さらにその中から彼等のいままさに何かを言おうとしている体のはずみも聞きとることができるだろう。

彼等の唇がどく僅かに開かれ、そこからほとんど呼吸音に等しいくらいの囁きのような音がもれてくる。それらは先ず、厚い雲のむこうに太陽が昇ってくるのを察知した臆病だけれど敏感な小鳥の呟きであり、また母親の乳房を求める未だ盲目の幼獣どもの鼻声でもあろう。

それらの声々は徐々にその種類も、音量も増加してゆき、理想を言えば地球上の動物相のすべてを覆う豊かさをもつまでに至るのだけれども、それは必ずしも彼等に、個々の鳥獣の発する鳴声の忠実な模倣を要求するものではない。

例えば鶏、例えば牛羊、例えば犬猫等の家畜に於ては、模倣乃至再現を基礎にするのが自然であるが、他の門綱目科属種の鳥獣についてはむしろ想像力の領域で、人語以外のありとあらゆる発声が行われるのだ。それがどんな奇怪な音声であったにしろ、おそらく現実の鳥獣が数百万年来挙げつづけてきた鳴声に及ばないのは当然としても。

声々は数分間の持続ののち、次第に静まってゆき、遂にほとんど何も聞えぬ程度のひそやかさに達するが、それは途切れることなく次へ移行する。

呻きのフーガ

一人の男と一人の女は、或る距離を置いて、むかいあうことなく立っているのである。二人はあたかも互いに互いの存在に気づいていないかのようだ。もしかすると二人は、ごく自然に目を閉じているかもしれない。

二人の胸廓がゆっくりと呼吸し、肩が上下するのが分る。静けさのうちに、我々の耳はひとつの微かな音を聞きつける。きれぎれなその音は、空中に浮遊しているかのような印象を与えるが、やがてそれは二人によって発せられつつある呻き声であることがあきらかになってゆく。

ごく緩慢で、不規則な周期をもつふたつの呻き声は、時には孤立し、時にはもつれあいながら進行してゆく。そのさまは音楽的と言ってもいいだろう。ピアニッシモからメゾフォルテに至る音の強弱は、常に慎重に制御されたディミニュエンド、クレシェンドによってもたらされる。

その呻き声は、肉体的苦痛を伝えようとしているようでもあり、また性的快楽の無意識の表現のようでもある。また時には非常に深い精神的不安を、他にどうする術もなく呻きによって辛うじて解放しているととれることもあるかもしれない。

いずれにしろ、呻き声はただひとつの状況を連想させるにしては、余りに深い。たしかに二人の人間の咽喉から出たものでありながら、それは何か目に見えぬ存在が、人間の体を笛にして人間を超えた感情を吹き鳴らしているという風にも聞えるのだ。

（呻きが抒情的になるのを防ぐためか、二人の背後にしゃがんでいるいくつかの人影が、時折ひどく日常的なしわぶきをしたりしている。）

点描法

ここでは各人は、未だ無意味ではあるけれど、あきらかに鳥獣の鳴声とは異った人間的発声の単位とも言うべきものに到達する。その過程は決して円滑なものではなく、むしろグロテスクなばかりに無器用で、かつ懸命なものなのであるが。

というのは、その新たな声は各人の意志によって生れるものではないからなのである。それらは少くとも初めの短い時間、しゃっくりのようにいささかこっけいな形で、内部から湧き上ってくる。

未だ意識して使ったことのなかった声帯や舌や歯や口蓋を用いて、何らかの秩序ある音をたとえ一音でも発音することは、意外に抵抗の大きい行為である。或る者は吃りながらも声を吐き出してしまおうとする、或る者は筋肉を無理矢理使って、声に音を与えようとする。

だが湧き上ってくる声と格闘しているうちに、各人は気づかぬ間にそれを制御し、さらに進んで声を自ら創造するようになる。各人は他との協力なしに個々にそこまで到達するが、そのうちに馴致したそれらの声を、自分以外の人間に対して投げかけることを覚えるのだ。

それはひとつの無垢な遊びである。何も意味はしていないが、仲間を求める人間の情念によって荷電された声々が、空間をボールのように飛び交うのである。

その声はほとんどが単純な一音で成り立っているだけだが、一群の人間の間ではそれらもまた未知の言語の一体系かとも聞きとれる。今や各人は十分な余裕とともに、新たな声の多様な音を区別して発音し、聞き分け、その変化の豊かさを楽しんでいるらしい。

名を呼ぶ

音が物と結びついた時、名が生れた。言語の発生を説明的に跡づけようというのではない。ただその時まで無意味な一音と感じられてきた例えば〈メ〉という音が、はっきり指差された眼と結びついた時の或る種の衝撃は、何故かは分らないがこの中途半端な場にも存在するだろう。

〈メ〉〈ハ〉〈ミミ〉〈テ〉等の名は、しかし決して歓喜又は爽快感とともに現れるのではなく、むしろ苦痛乃至嫌悪とともに産み出されるのである。激烈な吃りの症状が伴うだろうし、各人はここで再び制御し得ぬもののとりことなるが、それは長い間ではない。

すぐに彼等は、名に慣れ、名づけることでこの世界を発見し始める。子どものような熱心さと、驚きと畏れとが彼等を支配し、各人は互いに互いの体の部分や、衣服や、所持品の名を呼びあうのである。

各々の名は、ひとつひとつ丁寧に発音され抒情的に反芻すらされる。そうして名は急速に膨脹してゆく。即ち、じきに彼等は周囲に見える限りの物、存在する限りの人間の種々雑多な名称を、餓えたように呼びつづけ始めるのである。

目前の具体的な物の具体的な名で始まったその一種祭儀的な狂騒は、必然的に抽象化し想像力の領域へと転移してゆかざるを得ないだろう。名は名を喚起し、連想は連想を呼んで各人はすでに現実の世界を見も聞きもせずに、自己の内部の語彙に固執するようになるのであった。

その名に対応する実体がいったい存在するのかしないのか、

それすら考えるいとまもなく、彼等は次々に名を呼び名を叫ぶ。それらの名はそこですでに機能もせず、流通もしていないのだ。名は念仏のように不思議に呪術的なものとなり、遂には称名の行為すら、疲労の中に埋没していったらしい。

アとイ

アとイ、日本語の五十音の最初のふたつの音、この単純極まりない語は、名の洪水のただなかで再発見される。やみくもにあらゆる物の、あらゆる観念の、あらゆる現実と非現実の混合の名を呼ばわっていた人々が、その空虚に耐えられなくなった時、彼等は赤ん坊にまで退化し、突然これもまたひとつの風俗的な流行のように、アとイの音を玩具にし始める。

アとイしか彼等は言わない。アとイを賞でるが如く、慈しむが如くにいろいろな仕方で発音し、その二音の中にあたかも自分等が部分的な啞であるかのように、あらゆる感情をこめようと試みる。

彼等はアとイだけを言葉として、他人に話しかけ、他人からもまたアとイのみの貧しい語彙で答えてもらおうとする。或る意味で彼等はアとイの布施を願う托鉢僧のように禁欲的だ。或る意味で彼等は集団療法を受けている精神病者の一群のように病的だ。

彼等のまわりの彼等と無関係な村人たちは、或いは通行人は、或いはまたそこが舞台だとすれば観客は、はたまたこの我々は、話しかける彼等を辱しめるだろうか、それとも彼等とともに、舌足らずな言語で何かを語りあおうとするだろうか。

ともあれ或る時間の持続ののちに、各人はばらばらに孤立し、とり残されるにちがいない。失望のその最後の瞬間に、やっと一人の唇の上で、アとイの音が結びつき、明瞭にアイという語が発音される。だがそう言ったその当人は、何であれその語の実体をもう自分の心に把むことができなくなっている。

もしかすると彼又は彼女は、初めて意味というものを把みかけたのかもしれないのに。初めてひとつの文章を口にできるところだったのかもしれないのに。

けれどもうその語は、現にここにもこうして書かれている際限のない人間の言葉の不定形の宇宙へとまぎれていってしまうより他ないのだ。束の間集った数人の男女も、いつの間にか散っていって、完璧な沈黙などというものはどこにもないと証しするかのように、遠くから絶え間ない人籟が聞えてくる。

《定義》首次出版於一九七五年十月由日本思潮社出版。

定義

作　　者　谷川俊太郎
譯　　者　田原
設　　計　賴佳韋工作室
特約編輯　王筱玲
總 編 輯　林明月
發 行 人　江明玉
出版發行　大鴻藝術股份有限公司　合作社出版
地　　址　台北市 103 大同區鄭州路 87 號 11 樓之 2
電　　話　(02)2559-0510
傳　　真　(02)2559-0502
電　　郵　hcspress@gmail.com

總 經 銷　高寶書版集團
台北市 114 內湖區洲子街 88 號 3 樓
電　　話　(02)2799-2788
傳　　真　(02)2799-0909

二〇二〇年一月初版
定價三二〇元

最新書籍相關訊息與意見流通，請見合作社出版臉書專頁
臉書搜尋：合作社出版

如有缺頁、破損、裝訂錯誤等，請寄回本社更換，郵資由本社負擔。

定義 / 谷川俊太郎著 ; 田原譯 .
-- 初版 .-- 台北市 : 大鴻藝術合作社出版 , 2020.01
160 面 ; 13×18 公分
ISBN 978-986-95958-6-5 (平裝)
861.51　108018907